GUÍA DE LECTURA

Escrita por Clarisse Spies
Traducida por Laura Bernal Martín

Las golondrinas de Kabul

de Yasmina Khadra

Entiende fácilmente la literatura con

ResumenExpress.com

www.resumenexpress.com

YASMINA KHADRA

ESCRITOR ARGELINO

- **Nacido en 1955 en Kenadsa (Sáhara argelino)**
- **Algunas de sus obras:**
  - *El atentado* (2005)
  - *Lo que el día debe a la noche* (2008)
  - *La última noche del Rais* (2015)

Yasmina Khadra es el seudónimo del escritor argelino Mohammed Moulessehoul, creado a partir de los dos nombres de su esposa. Nacido en 1955 de padre enfermero activo en el Ejército de Liberación Nacional de Argelia (ALN, por sus siglas en francés) y madre nómada, Mohammed estudia en un instituto militar antes de iniciar una carrera de 36 años en el Ejército, durante la cual alcanzará el rango de comandante. En el año 2000 abandona la carrera militar para dedicarse al oficio de escritor. Primero escribe bajo su propio nombre y, a partir de 1989, lo hace bajo varios seudónimos. En 1997, bajo el seudónimo de Yasmina Khadra, publica una obra que le sirve de presentación ante el gran público: *Morituri*, la primera novela de la serie del comisario Brahim Llob. Después de una corta estancia en México con su esposa y sus tres hijos, se establece en 2001 en Aix-en-Provence (Francia), donde aún vive.

Ha recibido numerosos premios literarios a lo largo de su trayectoria literaria, sobre todo por *Las golondrinas de Kabul*, ganadora del premio del salón del libro de Metz (2003) y del premio de los libreros argelinos (2003), elegido mejor libro del año en los Estados Unidos por el *San Francisco Chronicle* y el *Christian Science Monitor* (2005), y finalista del Premio Literario Internacional IMPAC de Dublín (2006).

LAS GOLONDRINAS DE KABUL

SOBREVIVIR EN EL CORAZÓN DE LA VIOLENCIA

- **Género:** novela
- **Edición de referencia:** Khadra, Yasmina. 2014. *Las golondrinas de Kabul*. Traducido por María Teresa Gallego Urrutia. Madrid: Alianza Editorial
- **Primera edición:** 2002
- **Temáticas:** Afganistán, guerra, opresión, desesperanza, condición de la mujer, soledad, talibán

La novela narra la historia de dos parejas que sobreviven en un Kabul devastado por las guerras y dirigido con mano de hierro por el régimen talibán. Atiq Shaukat, antiguo muyahidín, es carcelero y se ocupa de los prisioneros condenados a muerte. Vive con su mujer Musarat, que padece una enfermedad incurable. Mohsen Ramat, un hombre que conoció una vida holgada en el pasado, sobrevive junto a su esposa Zunaira, una exabogada que ya no tiene derecho a ejercer por culpa de las nuevas leyes de la *sharía*. Estos cuatro personajes surcan los capítulos de la obra al ritmo de las tragedias de las que son testigos: ejecuciones públicas, libertades perdidas, falta de comida, etc. Viven perdiendo uno tras otro la esperanza de recuperar sus sueños de moderni-dad y libertad.

RESUMEN

UN DECORADO INFERNAL

La novela se abre con la descripción de un Kabul que surge de los infiernos, en manos de los talibanes y regido por la *sharía*: un calor insoportable, tierras devastadas por los combates, muerte y horror. «Y, no obstante, es también aquí, entre el mutismo de los pedregales y el silencio de las tumbas [...] donde ha nacido nuestra historia, de la misma forma que florece el nenúfar en las aguas putrefactas de los pantanos» (Khadra 2002, introducción).

Atiq Shaukat se apresura para acudir a la cárcel en la que trabaja como carcelero, ya que va a tener lugar una ejecución pública, y va con retraso porque su mujer, Musarat, que padece una enfermedad incurable, ha tenido que acudir de urgencia al hospital. Atiq sufre por ello, pero decide no repudiarla ya que le salvó la vida años antes. Atraviesa como puede la ciudad para buscar a la prisionera: una mujer adúltera que va a ser lapidada por la multitud. Cuando llega se encuentra con Qasim Abdul Jabar, un dirigente talibán de bajo rango, que le entrega a la condenada.

En el lugar de la ejecución conocemos a Mohsen Ramat, un antiguo negociante próspero que aborrece estos abominables espectáculos. A pesar de ello, no reflexiona y participa en el linchamiento de la condenada. Inmediatamente después, la vergüenza y los remordimientos por haber cedido a este impulso le carcomen por dentro.

LAS TOMAS DE CONCIENCIA

A continuación, Atiq abandona la prisión sin saber a dónde ir: presa del malestar, huye de las calles infestadas de mendigos, mercaderes y huérfanos. ¿A dónde ir? Su tío está medio loco, su mujer está enferma y lo único que él quiere es estar tranquilo. No entiende por qué ha sobrevivido a las guerras como combatiente para a continuación vivir en un mundo devastado y dirigido por los integristas. Deambulando, a la vuelta de una calle, se topa con Mirza Shah, un amigo de la infancia, al que volvió a ver cuando formaba parte de los muyahidines (combatientes que participan, en nombre de la fe musulmana, en una yihad o «guerra santa») poco antes de la invasión rusa.

Mohsen vuelve con Zunaira, su hermosa esposa, con la que vive en total armonía. Se trata de una antigua abogada que ya no puede ejercer debido al nuevo régimen, que no permite que las mujeres trabajen. Le confía avergonzado que ha participado en el linchamiento público. Zunaira no sale de su asombro, no puede aceptarlo y la pareja inicia su descenso a los infiernos.

Al día siguiente, Atiq acude a la oración con la llamada del almuédano. En el patio, observa cómo los viejos y los heridos de guerra intercambian sus opiniones sobre sus hechos de armas. Acaba por volver a casa junto a Musarat, que se ha obligado a levantarse, limpiar y preparar algo para comer. A pesar de ello, discuten y Atiq se va de casa. Decide pasar la noche en su cama de *camping*, en su minúsculo despacho en la cárcel. Allí, el viejo Nazish, un pobre hombre medio loco, acude a verle y le lleva de comer. Nazish le habla de nuevo de su deseo de coger sus cosas y abandonar la ciudad para no regresar nunca, para escapar de los horrores de Kabul. Atiq le dice con crueldad que nunca lo hará y, tras la pelea, se despiden.

Atiq no comprende por qué se ha vuelto tan cruel. Discute con todo el mundo sin motivos válidos. Siente que algo en su interior ha cambiado, que ya no hay esperanza. Al día siguiente, va a disculparse con Nazish que, sin embargo, acabará escalando las rocas para abandonar Kabul para siempre, a pesar de su avanzada edad.

EL DESCENSO A LOS INFIERNOS

Zunaira y Mohsen, que se han reconciliado, deciden ir a pasear por la ciudad, como hacían antes, antes de la dictadura en la que viven. Zunaira, que ya no sale desde que el burka, traje tradicional que cubre todo el cuerpo, se ha vuelto obligatorio, se pone esta deshonrosa vestimenta para complacer a su marido y dar un paseo. Pero los milicianos talibanes obligan en seguida a Mohsen a ir a la mezquita. Zunaira debe esperar, asfixiándose bajo su burka, ante el edificio religioso. La oración es interminable. Cuando por fin pueden volver a casa, Zunaira ha cambiado. No quiere volver a quitarse el burka, ya no habla a su marido y no quiere volver a verle.

Mohsen ya no soporta el silencio de su esposa: «Han pasado diez días [...], diez días viviendo en un delirio ubuesco, en una invalidez absoluta» (Khadra 2014, cap. 10). Vuelve a casa e intenta de nuevo hablar con ella, pero la pelea termina mal y Mohsen sufre una caída fatal.

Poco después, Atiq, que sigue desesperado y es presa de sus tormentos, recibe en la prisión a un miliciano que anuncia la llegada de una nueva prisionera: Zunaira es condenada a muerte. Al final de la tarde, Qasim trae a la prisionera. Se quedará unos días y luego será ejecutada durante una importante reunión con personalidades de alto rango. Para entretener a la gente, se llevarán a cabo una decena de ejecuciones en el estadio. Cuando se encuentra a solas con Zunaira, la observa y enseguida queda subyugado ante tanta belleza. Aparte de la de Musarat, hacía mucho tiempo que no veía el rostro de una mujer, ya que todos están ocultos bajo sus burkas: «bandadas de golondrinas decrépitas» (Khadra 2014, cap. 12). Es como si Zunaira le hubiera hechizado. Musarat se da cuenta de que ha Atiq ha cambiado. Después de tanto tiempo vagando, presa de un incesante malestar, se siente bien. Le cuenta a Musarat la llegada de la prisionera, su belleza, su fascinación. Musarat se alegra al ver que su marido es por fin capaz de sentir emoción, e incluso propone cocinar para la mujer que le ha devuelto a la vida.

En los días siguientes, Atiq y Zunaira hablan. El carcelero se da cuenta de que no es culpable, que solo ha sido un accidente. Imagina todas las maneras de evitar el castigo final. Incluso abre la celda para permitir que Zunaira escape. Pero esta permanece impasible.

> «—No dejaré que te maten.
> —Nos han matado a todos. Hace tanto tiempo que ya se nos ha olvidado» (Khadra 2014, cap. 13).

EL SACRIFICIO FINAL

Al final, Musarat se da cuenta de que Atiq está enamorado de la prisionera. Está encantada con ello, ya que ve que su marido, prisionero de sus tormentos desde hace mucho tiempo, es por fin libre y capaz de amar. Atiq vuelve a la cárcel para pasar unos últimos momentos con Zunaira antes de su ejecución, que tendrá lugar al alba. Y allí se presenta inesperadamente Musarat con un plan: ella ocupará el lugar de Zunaira, ya que está condenada de todas formas por su enfermedad. Nadie verá la diferencia, ya que el burka cubre tanto el cuerpo como la cara. Zunaira esperará en el despacho de Atiq, se hará pasar por su mujer y después se marchará. Entonces, Atiq va a buscar a Zunaira, le miente y le dice que ha sido exonerada, para después hacerla esperar en su despacho.

A continuación, las cosas se suceden con rapidez: Qasim Abdul Jabar acude a buscar a la prisionera y se lleva tanto a su familia como a la mujer de Atiq —que no es otra que Zunaira— al estadio para asistir a las ejecuciones. Atiq le da las consignas a Zunaira: esperarle a la salida del estadio para después marcharse juntos. Pero cuando el «evento festivo» se termina, no la ve. La busca por todas partes antes de sucumbir a la locura. Deambula hasta el cementerio para encontrar la tumba de Musarat, y después vuelve a la ciudad. Su rostro demacrado y sus ropas rasgadas le hacen parecer enajenado. Las mujeres y los niños le tienen miedo; los hombres se meten con él y pronto le llegan golpes de todos lados. Herido, Atiq cierra los ojos en medio de la pelea y muere

con el deseo de que «su sueño sea tan impe-
netrable con los secretos de la noche» (Khadra
2014, cap. 15).

ESTUDIO DE LOS PERSONAJES

ATIQ SHAUKAT

Atiq, de 42 años, es carcelero en una prisión de Kabul. Para él, su profesión no tiene ningún mérito: fue un valiente combatiente muyahidín y ahora sobrevive gracias a una profesión que no le interesa y que se basa en la soledad y en la muerte. «Esta comprobación lo pone continuamente de mal humor. [...] Le parece que se está enterrando vivo» (Khadra 2014, cap. 2).

Se casó veinte años atrás con Musarat, que le había cuidado y salvado durante un combate. Atiq es un hombre que vive sumido en sus tormentos: antes era sensible, pero ha desarrollado «una extraña agresividad, tan imperiosa como insondable, que parece encajar perfectamente con sus estados de ánimo» (Khadra 2014, cap. 7).

Atiq cambia por completo tras conocer a Zunaira: a través de la fascinación que siente por ella, parece recuperar la esperanza. Cuando se da cuenta de que puede salvarla gracias a Musarat, atisba una nueva vida posible. No obstante, tras la ejecución no es más que la sombra de sí mismo, culpable de la muerte de su mujer y enloquecido por la pérdida de Zunaira, que ha desparecido.

MUSARAT SHAUKAT

Es la mujer de Atiq, y padece una enfermedad incurable. Conoce a su marido cuando su pelotón ha sido derrotado por las tropas comunistas. Elle le cuida, le esconde en su pueblo y le protege poniendo en peligro su propia vida. Así, su matrimonio es más un signo de gratitud por parte de Atiq que un matrimonio real basado en el amor. Musarat no es hermosa, está afectada por una calvicie incipiente y sabe que le queda poco tiempo de vida. A pesar de su dolor, intenta desempeñar lo mejor posible su papel de esposa cuidando de la casa y preparando la comida cuando es capaz.

Musarat es consciente de que en su matrimonio no hay amor y de que no logran comunicarse. Hace todo lo que puede para merecerse a Atiq «a toda costa» (Khadra 2002, cap. 4), pero no logra agradarle. Así, cuando se da cuenta de que su marido vuelve a ser feliz y libre tras haber conocido a Zunaira en el calabozo, decide dar su vida a cambio de su felicidad.

MOHSEN RAMAT

Mohsen, que nace en el seno de la burguesía afgana, era antes de la guerra un eminente negociante. Pero la guerra le ha quitado todo, y ya solo le queda Zunaira, su mujer, a la que ha conocido en la universidad. El amor es lo que le mantiene con vida y, la pareja, aunque ha sido despojada de todo, sigue teniendo esperanza gracias a este amor. Pero Mohsen perderá su razón de vivir poco a poco a lo largo de la novela: primero, cuando le confiesa a Zunaira haber participado en un linchamiento público; después, cuando los talibanes interrumpen su paseo, momento a partir del cual Zunaira sentirá un odio malsano por toda autoridad masculina. En ese momento, «nota que se está volviendo loco» (Khadra 2002, cap. 10). Por desgracia, en un último intento de hacer entrar en razón a Zunaira, se tropieza con un jarro y se cae, golpeándose la cabeza en un saliente de la pared y perdiendo así la vida. Así sella el funesto destino de su mujer. La guerra ha acabado por quitarle lo poco que le quedaba: su mujer y su vida.

ZUNAIRA RAMAT

Zunaira es una mujer culta de 32 años de edad que estudió en la universidad y trabajó como abogada. Militó activamente por los derechos de las mujeres. De una belleza sin igual, es atenta y ama a su esposo. Sufre porque ya no puede trabajar por culpa de los talibanes y, junto con Mohsen, aspira a una vida mejor y moderna en el futuro. Incluso se niega a salir de su casa para no tener que ponerse su burka, sin el cual no puede abandonar el hogar, para conservar sus principios: «[...] no me pidas que sea menos que una sombra, un roce de tela anónimo suelto por una galería hostil» (Khadra 2014, cap. 6).

Desafortunadamente, cuando un miembro de la milicia la obliga a esperar fuera de la mezquita a su marido, obligado a asistir a la oración del mulá, algo sucede en su interior: «Y ese asco Zunaira lo percibe con toda claridad; fermenta dentro de ella, le consume las entrañas y amenaza con inmolarla» (Khadra 2014, cap. 8). Desde entonces, la ira se apodera de ella y ya no puede tolerar la presencia de ningún hombre. Tras la muerte de Mohsen, es sentenciada a muerte y termina en la cárcel de Atiq antes de desaparecer tras la ejecución de Musarat. Derrotada por la guerra, ya está muerta en las profundidades de sí misma.

QASIM ABDUL JABAR

Qasim, jefe de Atiq, es un líder talibán de bajo rango. Orgulloso y desvergonzado, realiza sin falta las tareas que se le piden. Es un luchador valiente y un buen miliciano que aspira a peque-ñas ambiciones: convertirse en el director de la siniestra prisión de Pul-e Charki para ascender al rango de notable y luego embarcarse en el mundo de los negocios. Hace cumplir ciegamente la ley, ignorando cualquier sentimentalismo: tiene muchas esposas, entierra con rapidez a su madre y preferirá volver a Kabul a quedarse en la aldea.

Representa el ejemplo del ejecutante fanático: una herramienta dócil y egoísta del sistema que inspira miedo a su alrededor y se enorgullece de ello. Cuando conoce a Atiq, le resume su filosofía de vida:

> «Si partes del principio de que la existencia no es sino una prueba, estás bien preparado para administrar sus penas y sus sorpresas. Si te empeñas en esperar de ella lo que no puede darte, eso demuestra que no has entendido nada» (Khadra 2014, cap. 9).

MIRZA SHAH

Mirza es amigo de la infancia de Atiq, a quien vuelve a ver durante la guerra. Es un muyahidín comprometido que ha rechazado puestos de responsabilidad tras la retirada de las tropas soviéticas y que vive actualmente de todo tipo de tráficos y contrabandos. Soborna a las autoridades y, por tanto, puede vivir tranquilo en medio de la tormenta. Está a favor de la poligamia, e intentará convencer a Atiq de que repudie a Musarat para que su vida sea más fácil. Forma parte de los que han aceptado la vida en este nuevo sistema talibán, sin vacilar a la hora de criticar a las mujeres y hablar de su alma hipócrita.

No piensa en rebelarse, no está desesperado; se contenta con lo que hay y actúa en función de ello. «Siempre hemos vivido así. Se fue el rey y otra divinidad ocupó su sitio. [...] Los que esperan que surja una nueva era en el horizonte pierden el tiempo» (Khadra 2002, cap. 2).

NAZISH

Nazish es un hombre de unos sesenta años de edad con el rostro demacrado. En el pasado fue muftí, erudito, y uno de los notables de Kabul. La guerra le arrebató a sus hijos y la razón. Ahora, medio loco, ve pasar los días con indiferencia, añorando el pasado, el canto y la música, que representaban la alegría, ahora prohibida en Kabul. Se pasa el tiempo diciendo que se irá con su hatillo, pero nadie lo cree. Encarna el desasosiego que sienten todos los personajes. La huida es la única solución esperanzadora: Nazish acabará marchándose, y será el único que escape de este infierno.

> «*Quiere* [*sic*] ir a esa comarca que ha sacado de lo más hondo de sus utopías y construido con los suspiros y las oraciones y los votos que le son más caros; un lugar en que los árboles no se mueran de hastío, en que los senderos viajen como viajan las aves, en que nadie ponga en entredicho su determinación de recorrer las comarcas inmutables de las que nunca regresará» (Khadra 2014, cap. 9).

CLAVES DE LECTURA

LA GUERRA DE AFGANISTÁN

La novela se sitúa en el contexto de una guerra que comienza en Afganistán a finales de los años setenta.

En su primera fase, la guerra en Afganistán enfrenta durante diez años —entre 1979 y 1989— a la URSS contra los muyahidines. Las tropas soviéticas, que entran en Afganistán para apoyar al PDPA (Partido Democrático Popular de Afganistán), que intentaba introducir reformas marxistas (derechos de la mujer, alfabetización, ateísmo de Estado, etc.) que no se ajustaban a las tradiciones conservadoras afganas, tratan de aplastar cualquier intento de oposición islámica al régimen comunista en el poder. Enseguida se crea la resistencia musulmana, es decir, el Ejército muyahidín —apoyado especialmente por la CIA, los Estados Unidos y Occidente–, para luchar contra el invasor soviético. Después de años de lucha y negociaciones infructuosas, los soviéticos se retiran en 1989 bajo orden de Gorbachov (hombre de Estado ruso, nacido en 1931).

Comienza entonces una segunda fase de la guerra de Afganistán. Después de la salida del Ejército Rojo, se extiende con rapidez una guerra civil entre los muyahidines, apoyados por los Estados Unidos, y el Ejército afgano, establecido por el Gobierno comunista, que aún dispone del equipo militar dejado por los soviéticos. El régimen comunista consigue muchas victorias hasta que la URSS no puede entregar los alimentos, el combustible y las armas prometidos. Kabul vuelve a manos de los muyahidines en 1992.

Tras la retirada de las tropas soviéticas en 1989 y el colapso del régimen comunista en 1992, los partidos políticos afganos cierran el Acuerdo de Peshawar (24 de abril de 1992), un acuerdo de paz que establece el Estado Islámico de Afganistán. Pero el acuerdo no es respetado y los combates entre las diferentes facciones de muyahidines causan estragos: acabarán agotando los recursos de Kabul y sumergiendo a la ciudad en la pobreza y la devastación. Ya en 1994, el movimiento talibán crece, decidido a liberar al país de todas estas luchas y a crear un Gobierno basado en la aplicación de la *sharía*. Los talibanes son apoyados por una población cansada de guerras. En 1996, tras enfrentamientos mortíferos, toman Kabul e imponen su ley de manera estricta y violenta. Pero la guerra civil contra los opositores continúa causando estragos...

Atiq, Musarat, Mohsen y Zunaira viven en este Kabul herido, bajo el yugo de los talibanes.

LA DEVASTACIÓN

El tema de la devastación aparece a varios niveles en la novela. En primer lugar, en la ciudad, de la que se nos ofrece una descripción muy visual y olfativa. Después, en la muchedumbre que vive en Kabul: la apariencia física y las acciones de los habitantes reflejan su espíritu, envilecido por la guerra.

Kabul, una ciudad devastada

Ya desde las primeras palabras de la novela, Kabul se presenta como una ciudad devastada después de los combates. El período de posguerra no trae paz ni reconstrucción; al contrario, las palabras elegidas por el autor reflejan esta opresión que persiste debido a la dominación de los talibanes.

> «Ya nada volverá a ser como antes parecen decir las carreteras llenas de baches, las colinas tiñosas, el horizonte al rojo blanco y el entrechocar de las culatas. Los escombros de las fortificaciones han alcanzado a las almas. El polvo ha cubierto de tierra los huertos, ha cegado las miradas y puesto cemento a las ideas» (Khadra 2014, introducción).

Sus palabras se refieren tanto a elementos de la ciudad (carreteras, huertos, etc.) como a las almas de los que viven en ella (miradas, espíritus). De esta forma, el autor emplea la descripción de la «tierra de nadie» que queda tras la batalla para representar el estado mental de la población, que se encuentra en su mayoría empobrecida y oprimida.

Los campos léxicos empleados a lo largo de toda la novela para describir esta ciudad en ruinas y su población, derrotada, se basan en el sentido de la vista, del oído y del olfato: «hedor de los animales muertos» (Khadra 2002, introducción), «emanaciones de los productos en mal estado» (Khadra 2002, cap. 1), mancha roja (*ib.*), disonante coro (Khadra 2002, cap. 2), agua pestilente (*ib.*), «alaridos» (*ib.*), (Khadra 2002, cap. 4), «lamentos» (*ib.*), «peste de animal moribundo» (*ib.*), «hedor que apestaba» (*ib.*), etc. De esta manera, el lector se sumerge a través de los sentidos en una ciudad que no es más que la sombra de sí misma, y siente la repulsión que estas ruinas pueden inspirarle a los personajes.

El calor también está muy presente en las palabras elegidas por el autor y refleja una atmósfera desértica sumida en el caos:

> «[...] dos palmeras calcificadas que se alzan hacia el cielo como los brazos de un martirizado» (Khadra 2014, introducción).

> «A su alrededor, la aridez se supera a sí misma. Diríase que no se desnuda sino para aumentar el desesperado desconcierto de los hombres atrapados entre las rocas y la canícula. Las escasas franjas de vegetación que se dignan [*sic*] crecer en algunas zonas no son promesa de eclosiones; sus achicharradas yerbas se desmenuzan al mínimo estremecimiento. Los ríos, como gigantescas hidras deshidratadas, languidecen en sus desordenados lechos [...]» (Khadra 2014, cap. 9).

Así, a través de la representación de la naturaleza, el lector puede palpar la ausencia de toda esperanza, como una planta que nunca podrá volver a brotar en un universo tan árido e infernal.

La muchedumbre desesperada

La temática de la devastación también se personifica a través de la multitud, representada regularmente en las calles de Kabul. Ya sea durante eventos públicos o simplemente en torno a los personajes principales que caminan o deambulan, a menudo nos encontramos con la población de la ciudad. La manera en la que es descrita es bastante peyorativa, una metáfora derivada de la desesperación y el infierno que sufre la ciudad. Así, aparecen muchos mendigos y huérfanos que recogen alimentos y que son tan insistentes que hay que echarlos a golpe de látigo. También vemos a antiguos combatientes enfermos que se reúnen en las afueras de la mezquita para tratar de recuperar el prestigio de herido de guerra narrando las acciones militares en las que participaron. Los milicianos talibanes son descritos en general con rasgos marcados y ropas sucias y descuidadas, mientras que las milicianas se encuentran envueltas en sus burkas. También se distinguen comerciantes que venden mercancías en mal estado. Por lo tanto, se trata de una multitud que, a pesar de ser anónima, representa bien la atmósfera en la que viven nuestros personajes: ¿cómo encontrar sentido a sus vidas o un poco de esperanza cuando se está rodeado de tales personajes?

> «Se han volatilizado los fumadores de *chelam*. Los hombres se han parapetado tras las sombras chinescas y las mujeres, momificadas *dentro* de unos sudarios del color del miedo o de la fiebre, se han vuelto totalmente anónimas» (Khadra 2014, cap. 1).

La muchedumbre anónima se personaliza en ciertos personajes para representar así las diferentes categorías de personas: por ejemplo, Qasim, el miliciano fundamentalista defensor del régimen; Nazish, un nostálgico del pasado, que quiere que las cosas cambien y que huye; Mirza Shah, que acepta lo que pasa de forma cínica.

La multitud tan solo se reúne para los eventos públicos o las oraciones. Un espíritu diabólico se apodera de ella durante las ejecuciones públicas, eventos creados tan solo para asustar y así consolidar el régimen de terror, pero también para entretener a la multitud, como se hacía en la época de los gladiadores: *panem et circenses* («pan y circo»).

> «Los invitados de categoría que van a relamerse con las ejecuciones públicas, saludando la aplicación de la *charia* [...] Y también la maldita Kabul, que aprende a diario a matar y a *desvivir*, porque en esta tierra las fiestas son ahora tan atroces como los linchamientos» (Khadra 2014, cap. 13).

LA VISIÓN DE LA PAREJA

Los protagonistas de la historia son las parejas Atiq-Musarat y Mohsen-Zunaira, que representan mucho más que personas que sobreviven.

Atiq y Musarat se casan según las costumbres de la cultura conservadora, es decir, sin amor y según los preceptos religiosos del islam. Atiq toma a Musarat como esposa porque ella le ha ayudado, por lo que se trata más bien de una señal de gratitud. Con el tiempo, la autoridad de Atiq ha relegado poco a poco a Musarat a la sumisión, por lo que ella experimenta un sentimiento perpetuo de culpa, debido en particular a su enfermedad y a su infertilidad («Quiero cumplir con mis obligaciones de esposa hasta el último momento» (Khadra 2014, cap. 4); «tengo la impresión de que estoy faltando a mis obligaciones de esposa» (*ib.*). Por lo tanto, Musarat se identifica con la condición de una mujer sometida a su marido, que le debe obediencia según la interpretación abusiva de los mulás, que predican esta condición retrógrada de la mujer. Esta pareja parece apreciar moderadamente el régimen talibán, que cree que ha sido creado para ayudar al pueblo afgano después de todos los conflictos armados. Físicamente, el autor los describe como poco atractivos, presas del desgaste y de la enfermedad.

La pareja formada por Mohsen y Zunaira es lo opuesto a la anterior. En primer lugar, el matrimonio entre ambos es fruto del amor. Son hermosos, cultos y jóvenes. No apoyan al régimen talibán en absoluto, pues consideran que sus leyes son primitivas y contrarias a la libertad. Zunaira, una graduada universitaria, ya ni siquiera tiene derecho a trabajar ni a salir de casa sin su burka. Se siente deshumanizada por los talibanes, unos injustos opresores: «Con ese velo maldito no soy ni un ser humano ni un animal; sólo soy una afrenta o un oprobio que hay que ocultar como una tara» (Khadra 2014, cap. 6). Mohsen ha perdido su negocio y ha vendido sus bienes para sobrevivir. Él también sueña con un futuro de modernidad y justicia. Sin embargo, se someten contra su voluntad a las nuevas leyes para evitar represalias, esperando que los tiempos cambien.

El autor parece tomar partido en la representación física de las parejas: la primera pareja, que respalda el régimen, es bastante fea y desgastada; la segunda, progresista y a favor de la igualdad de derechos entre hombres y mujeres, es bella y joven. Así, el lector podría hacer una analogía maniquea poniendo a Atiq y a Musarat del lado del mal y a Mohsen y Zunaira del lado del bien. Pero estos estereotipos se derrumbarán: Mohsen participa en la lapidación, a pesar de todos sus principios; Atiq recupera un sentimiento humano, un sentimiento de amor.

LA SOLEDAD Y LA FALTA DE COMUNICACIÓN

A lo largo de toda la obra, los personajes se

encierran en un mutismo recurrente. Los transeúntes apartan a los mendigos a golpe de fusta, que «se ha convertido en otra lengua oficial» (Khadra 2014, cap. 10). Las mujeres se disimulan bajo sus burkas. La gente ya no puede reírse en la calle ni escuchar la radio. En definitiva, todos están aislados entre sí y del mundo.

Lo mismo ocurre con los personajes de las parejas: Atiq prefiere huir de su mujer y no volver a casa, dormir en la cárcel o incluso salir de casa ante el mínimo desacuerdo: «[...] mi marido ya no me dirige la palabra [...] Para una vez que tenemos oportunidad de charlar, vamos a evitar las palabras ofensivas y las indirectas» (Khadra 2014, cap. 4). Atiq ya ni siquiera soporta interactuar con alguien, ya no se comunica y se encierra en su fortaleza de soledad: «No aguanto ni la penumbra ni la luz del día; ni estar sentado ni estar de pie; ni a los viejos ni a los niños; ni que nadie me mire ni que me pongan la mano encima. Casi ni me aguanto a mí mismo. ¿Me estaré volviendo loco de atar?» (Khadra 2014, cap. 4).

Por su parte, tras el episodio del paseo, Mohsen y Zunaira se aíslan aún más, cada uno por su cuenta: «Zunaira se ha refugiado tras un agobiante mutismo [...] En cuanto sale de casa, se apresura hacia el viejo cementerio y se aísla así durante horas» (Khadra 2014, cap. 9).

De todo esto, puede concluirse que las relaciones en la novela carecen de comunicación; en teoría todos son libres, pero en realidad están atrapados en un mundo gobernado por los talibanes, en un Kabul en ruinas, rodeados de carencias y de pobreza. De esta manera, la soledad se ve reforzada y conquista toda la ciudad. Parece que todos hablan sin que nadie les escuche: nadie cree al viejo Nazish, nadie responde a las quejas de Zunaira y nadie da limosna a los mendigos. Los personajes ya ni tan siquiera logran escucharse a sí mismos: «Se quedó sin puntos de referencia y sin fuerzas para inventarse otros [...]. Lo han rebajado a la categoría de intocable y vegeta día y noche dejando siempre para el día siguiente la promesa de hacer un esfuerzo para volver a su ser» (Khadra 2014, cap. 6).

PISTAS PARA LA REFLEXIÓN

ALGUNAS PREGUNTAS PARA PROFUNDIZAR EN SU REFLEXIÓN...

- Lea la oración del mulá Bashir del capítulo 8. ¿Qué piensa de sus palabras? ¿Está de acuerdo con él? ¿Por qué?
- Extraiga dos ejemplos de figuras de «personificación» en la novela. ¿Qué efecto opina que tienen?
- ¿Quiénes son las golondrinas de Kabul? ¿Por qué este título?
- ¿Por qué la mujer condenada es linchada al principio de la novela? ¿Qué le parece este tipo de práctica?
- Comente esta cita que describe Kabul: «Es el caos dentro del caos, el naufragio dentro del naufragio; y que se anden con mucho ojo los imprudentes» (Khadra 2014, cap. 6).
- ¿Cuáles cree que son las razones por las que Zunaira está enfadada con su marido? Explíquelas.

- Si tuviera que elegir un personaje con el que identificarse en la novela, ¿cuál sería? ¿Qué haría en su lugar para cambiar los aspectos negativos de su vida?
- ¿Quiénes son los muyahidines? ¿Por qué luchaban?
- ¿Cuáles son las diferencias entre talibanes y muyahidines?
- Comente la frase de Musarat: «En esta tierra de errores sin arrepentimiento, el indulto o la ejecución no son el desenlace de una deliberación, sino la manifestación de un cambio de humor» (Khadra 2002, cap. 14).

¡Su opinión nos interesa!
¡Deje un comentario en la página web de su librería en línea,
y comparta sus favoritos en las redes sociales!

PARA IR MÁS ALLÁ

EDICIÓN DE REFERENCIA

- Khadra, Yasmina. 2014. *Las golondrinas de Kabul*. Traducido por María Teresa Gallego Urrutia. Madrid: Alianza Editorial.

ESTUDIO DE REFERENCIA

- Kadari, Louiza. 2007. *De l'utopie totalitaire aux œuvres de Yasmina Khadra, approches des violences intégristes*. París: L'Harmatan.

ADAPTACIONES

- *Les Hirondelles de Kaboul*. Película de animación de 80 minutos dirigida por Zabou Breitman y Eléa Gobbé-Mévellec. Francia: Les Armateurs, lanzamiento previsto para 2019.

- *Les Hirondelles de Kaboul*. Adaptación de teatro por la Compagnie Vue Sur Scène. La obra ha sido llevada a los escenarios de Francia, Turquía, Brasil y Ecuador.

- *Les Hirondelles de Kaboul*. Teatro de marionetas de la Compagnie Nomade. Se representó durante el

Festival de Aviñón del año 2013 en Francia.

- 54 -